LETTRE

à Mr. de B....

OU ESSAIS

SUR LE GOÛT

DE LA

TRAGEDIE.

CONTENANT

Plusieurs pièces tant en Prose qu'en Vers.

Par le Sr. D....

***
* *
***

A AMSTERDAM,

Chez HENRY SCHELTE.

M. DCC. XXXVIII.

à A... ce 7. Juin 1738.

Monsieur,

S I quelque chose étoit capable d'adoucir l'amertume que je ressens de la perte que j'ai faite du pauvre D. L. P. ce seroit sans doute la part que vous daignez prendre à ma juste douleur. C'est pour vous en témoigner ma vive reconnoissance que j'obéis promptement à vos ordres, en vous envoïant ce que j'ai pû recüeillir des débris de son Cabinet.

Ne soyez point surpris de ne trouver ici, que des lambeaux décousus de quelques ouvrages, ausquels sa mort imprévûë ne lui a pas laissé le tems de mettre la derniere main.

A

si tant est pourtant que sa paresse &
son indifference pour ses productions,
lui eussent permis de le faire. Un seul
trait vous convaincra que ce doute
est fondé.

Vous avez peut-être oüi raconter
de quelle maniere le sçavant &
laborieux du Cange travailloit : ce
grand homme, à ce qu'on dit, n'a
jamais rempli deux faces de papier
de suite ; il écrivoit ou craïonnoit au
hazard, les recherches & les remar-
ques qu'il faisoit sur la latinité du
bas empire, sur les premiers chifons
de papiers qui se rencontroient sous
sa main ; la seule précaution qu'il
prit, étoit de jetter tous ces *buletins*
dans un vieux Bahut, qui occupoit
un coin de son cabinet. C'est pourtant delà qu'est sorti après sa mort,
ce fameux Glossaire, si utile à la Ré-
publique des Lettres.

Mon ami agiſſoit à peu près de même : il travailloit beaucoup, rédigeoit
peu. Lui venoit-il quelques idées ſur
un ſujet qui lui plaiſoit ? Il les ſaiſiſſoit
d'abord avec ardeur, & en tiroit
parti. Sa vivacité lui faiſoit alors oublier ſa pareſſe, juſqu'à ce que cette
dernieré reprenant le deſſus, lui fît
tomber la plume des mains ; ce qui
ordinairement ne tardoit guéres. A la
bonne heure ſi une autre idée ſur
le même ſujet, ſe préſentoit natu-
rellement à ſon eſprit, & pouvoit
concourir à achever ou perfectionner
ſon deſſein, ſans quoi tout reſtoit
imparfait ; il n'y penſoit plus. Ajoû-
tez à cela que jamais la penſée de
corriger & de limer un ouvrage, ne
lui eſt venuë, ſi ce n'eſt qu'il vint
par hazard à s'apercevoir, en ramaſ-
ſant ſes materiaux épars, qu'ils pou-
voient faire un *Enſemble* ſuportable.

A 2

& meritoient la peine d'être mis en ordre, & corrigés.

Tel étoit le caractere dominant de mon ami, aussi aimable & regréttable par les qualités du cœur, que singulier & original par celles de l'esprit.

Ne regardez donc, Monsieur, les morceaux que je vous envoie aujourd'hui, & que je n'ai point extraits sans peine du fatras de son Cabinet, que comme des *Esquisses* très-hazardées, de ce qu'il avoit dessein de faire.

Je commence par une Epître en vers libres adressée au fameux Mr. D. Vol.... sur le goût de la Tragedie françoise. Cette piece que j'ai trouvée très-informe, pleine de ratures & de *lacunes*, a pourtant été finie, & envoiée à celui pour qui elle étoit faite : c'est ce que je vois par une

Lettre de Mr. D. Vol.... qui en accuse la reception, & dont je vous rendrai compte ci-après.

Il faut donc, de deux chôses, l'une; ou que la mise au net, de cette piece, ait été enlevée du Cabinet du défunt, ou, que peu content de la disposition de son ouvrage, après l'avoir relû au bout de quelque tems, il ait eu dessein d'y faire des changemens, ou des augmentations considerables.

Quoiqu'il en soit, je vous en envoie les fragmens, tels que je les ai trouvés. Tout ce que je puis faire, sera d'essaier de remplir les vuides, en cherchant à travers les ratures, l'esprit & le dessein de l'Auteur, afin de vous donner une idée de la contexture du tout.

E P I T R E
A Mr. D. Vol......

D'Igne Chantre d'un Roi, que la France révére*

Vol..... c'eft pour toi qu'un enfant d'A-

pollon,

Jufqu'à préfent timide, aujourd'hui téméraire,

Pour la prémiere fois paroît fur l'Helicon.

  Le trait fans doute eft fanfaron,

  Et de Loin je vois ta grimace,

  Qui, fans m'entendre me menace

  D'une chûte de Phaëton.

  Tu baifferas pourtant d'un ton,

  Quand tu fçauras que mon audace

  Surmontant un trop jufte effroi,

  Pour arriver jufqu'au Parnaffe,

  N'a pris d'autre guide que toi.

Tu foûris... & cherchant ce nouveau Profélite,

---

* Le Pöeme de la Henriade.

Ta mémoire déjà te peint tous tes *amis*;

Que je serois content, si dans leur noble élite

Un sort plus heureux m'avoit mis!

Daigne donc t'épargner une peine inutile;

Je te connois; je suis le *tien*,

J'aurois bientôt rendu ta recherche facile,

Si j'avois merité que tu fusses le *mien*.

Ignoré du public, & trop heureux peut-être!

Je n'ai jusqu'à présent travaillé que pour moi;

Quand tu voudras pourtant je me ferai connoître;

Ta volonté me servira de loi;

Et pour être aplaudi, quand j'y voudrai paroître,

Il suffit de l'être de toi...,

Entraîné par le feu d'une ardente jeunesse,

Et suivant en aveugle un penchant dangereux,

J'errai long-tems sans guide en cherchant le Per-
messe,

Et prenant ma fureur pour une docte yvresse,

Je croïois en rimant me faire un nom fameux,

Quelques foibles fuccés flaterent ma manie,

Et je me crûs doüé de ce divin génie

     Dont le Ciel t'a favorifé :

Mais, qu'eft-ce fans le goût, qu'une vaine har-

monie?

C'eft par elle pourtant qu'un Novice abufé,

D'un phantôme trompeur adorant l'impofture,

     Croit fentir dans un art forcé,

     L'impulfion de la nature.

C'eft par elle qu'on voit tant de fots entraînés,

Dans les fougueux accés d'une ardeur contre-

faite,

S'arroger folement le tître de Poëte;

Et croire, que des mots, & des fons combinés,

Plantés artiftement, fans génie, & fans grace,

Doivent leur mériter les lauriers du Parnaffe.

Telle étoit mon erreur : & telle elle fera

Pour tout Chantre françois qui hors Paris vivra;

Chapelle l'a prédit, & je crois fes Oracles.

Je fçais, & je conviens, que feconde en miracles,

La nature, par tout forme des *favoris*;

Que l'efprit, eft de tous Païs,

Qu'à fes productions rien ne forme d'obftacles;

Mais le *Goût*, ne naît qu'à Paris,

Dans un Temple fameux, dont il t'a fait
grand *Prêtre*,

En dépit des clameurs des modernes *Cotins*,

C'eft-là, qu'à tes amis ce Dieu fe fait connoître,

Et dicte par ta voix des decrets fouverains.

De ce Temple chéri j'ignorois le chemin......

Je volai cependant foûtenu par mon zéle,

Et parcourus long-tems tout le Païs Latin,

Sans en entendre de nouvelle,

Et n'en appris que par *Rollin*:

C'eft lui, dont les leçons m'enflerent le courage,

Je voïois à fa voix mon chemin s'accourcir;

J'apris enfin de lui le grand art d'adoucir

    Les travaux d'un si long voïage.

Bientôt moins étranger dans ce Païs charmant,

De quelques habitans j'entendis le langage;

Mais je ne l'exprimois que difficilement,

    C'étoit le plus fort de l'ouvrage....

. . . .

. . . . , .

„ Voilà, Monsieur, un de ces vui-
„ des, dont je vous ai parlé, &
„ je me trouve arrêté, comme l'Au-
„ teur, dans le chemin raboteux du
„ Temple du Goût, par un nombre
„ infini de ratures, à travers lesquelles
„ je ne me reconnois point. Tout ce
„ que je puis entrevoir, à la faveur
„ d'une *Loupe* très-convexe, c'est que
„ le voyageur trouve le chemin bar-
„ ré par un tas d'Auteurs subalternes,
„ qu'il a la prudence de ne point

„ nommer. Il eſt forcé d'entendre
„ leurs idées creuſes ſur tous les gen-
„ res de Poëſies ; & notamment ſur
„ la Tragedie, qui eſt celui pour le-
„ quel il ſe ſent le plus de penchant.
„ Chacun de ces *Facheux* propoſe ſes
„ doutes & ſes prétenduës decouver-
„ tes. L'un d'eux annonce une piece
„ qui doit paroître dans peu ſur le
„ Théâtre, dont le tître bizarre excite
„ les ris de l'Aſſemblée.

„ A la faveur de ce petit com-
„ mentaire, me voilà en état de pour-
„ ſuivre, & vous de m'entendre, ou
„ plûtôt d'entendre l'Auteur ; qui con-
„ tinuë ainſi en parlant, de la Piece
„ annoncée.

Oüi, dit mon Etourdi, ſe levant bruſquement,
Oüi, Meſſieurs, c'eſt du *beau*, même de l'*admirable*,
C'eſt l'eſſai d'un Auteur ingenieux, aimable,
Brillant dans ſes écrits, vif, & toûjours *nouveau*,

Plus fingulier enfin dans le genre Tragique,

 Que l'aimable & fçavant *Rameau*

 Ne le paroit dans fa mufique.

Bientôt, s'il en eft crû, le Théatre françois,

Afranchi du refpect de fes antiques loix

 Pourra rentrer dans fon indépendance,

 Et méprifer leur trifte extravagance.

Affez & trop long-tems nos écrits mefurés,

D'un joug impérieux ont été les efclaves,

Il faut enfin brifer les gênantes entraves

Qui tiennent nos efprits contraints & refferrés.

Quelle erreur, en effet, que des Régles auftéres,

Frivoles vifions de nos nigauds de Peres,

Ufurpent le pouvoir d'ennuïer leurs enfans?

 Fuïez, refpectables chimeres.........

Mais il faut, dira-t'on, des régles au bon fens?.....

Ils ont reglé le leur, & nous réglons le nôtre :

 Et tout ce qui plaît dans un tems,

.........Peut ne pas plaire dans un autre.

Chaque fiécle a fon goût, fes plaifirs & fes
    mœurs,

Eh ! qui pouroit, bon Dieu ! tant fut-il intrépide,

Lire, & même en françois, les affreufes longueurs
      Ou de Sophocle, ou d'Euripide ?

      La froide déclamation

      Sans goût, fans fel, fans *action*,

De nos bons Trifaïeux flatoit pourtant l'oreille;

Et *Garnier* * dans fon fiecle étoit une merveille.

Tel eft donc le pouvoir de la prévention;

Nous croïons tous ateindre à la perfection;

Et l'Auteur le plus plat, dans ces têms d'ignorance,

Regardant en pitié les fiecles à venir,

A toûjours des beaux arts prédit la décadence,

La route étoit tracée : il falloit la tenir......

Nous avons vû pourtant d'illuftres téméraires

Lever contre l'Idole un front audacieux,

Et foulant à leurs pieds les préjugés vulgaires,

---

* Poëte Tragique du tems de Henry III.

Trouver, en s'écartant des routes ordinaires,

Pour aller au Parnasse un chemin glorieux.

Corneille y réussit, & *Racine* encor mieux.

Le *premier*, triomphant des plus affreux obstacles,

Sçût changer en un jour la face des spectacles,

Et força les François, & mille Auteurs confus

D'admirer des talens jusqu'alors inconnus.

L'autre, quoique formé sur un si beau modéle,

Osa pourtant chercher une route nouvelle,

Et grand, sans hiperbole, & tendre, sans fadeur,

Parvint à contenter & l'esprit, & le cœur.

Qui n'eût pas crû, que Melpoméne,

Après de si fréquens écarts,

Aux loix d'un si grand Maître eût asservi la Sçene?

Mais les tems ont leur terme & non pas les beaux

Arts.

Un Athléte nouveau *paroît dans la carriere.

Des deux autres en vain les lauriers encor verds

---

* Mr. de Crebillon.

A ſes nobles déſirs forment une barriere ;

Pour qui veut s'élever, tous chemins ſont ouverts.

A de moindres honneurs il rougit de prétendre :

Il prend le *Grand* de l'un *, de l'autre *, il prend

   le *Tendre* ;

Et pour étre, comme eux , unique dans ſon goût,

Le *Terrible*, chez lui, domine ſur le tout.

Oh ! dit-on, pour le coup la Sçene eſt epuiſée,

Par Crébillon enfin Melpoméne eſt fixée,

Et déſormais, malheur aux Auteurs effrontés,

Qui voudront inventer de nouvelles beautés.

Le ſot Public, ainſi, prononce l'Anathême...

Inſenſés ! un enfant détruit vôtre ſiſtême,

Et le jeune Arrouët *, encor au Rudiment,

Alloit mettre le comble à vôtre étonnement.

Dès le prémier eſſai que ſon goût vous deſtine,

Il unit ſon *brillant*, au *tendre* de Racine ;

---

  * Corneille.

  * Racine.

  * Voltaire.

Aux beautés de Corneille, il joint le *naturel*,

Crébillon vit en lui, sans être trop *cruel*;

Et les suivant tous trois, il embellit leurs tracés,

Et l'art, en ses écrits, est caché par les *graces*.

Mais qu'en résulte-t'il?.... Le Parterre frapé

Rougit, en l'admirant, de se voir détrompé;

Sans cesser d'être injuste, en changeant de maxime,

Le *Beau*, le contentoit, il lui faut du sublime;

Et toûjours plus ingrat, rien ne peut le calmer,

S'il n'est enfin ravi, par qui l'a sçû charmer.

Tel est du Goût françois le caprice ordinaire,

Ce qu'il aime aujourd'hui peut demain lui déplaire,

Ainsi le beau Cléon dans le sein des plaisirs

Qu'il goûte chaque jour, sans peine, & sans

contrainte,

Trouve enfin le secret d'en émousser la pointe;

Et toûjours le cœur vuide, il pousse des soûpirs

Vers les nouveaux objets qui piquent ses désirs...

Flatons,

Flatons, puiſqu'il le faut, un *Parterre* cauſti-
que :

Reveillons ſa langueur par de brillans portraits;

Inventons pour lui plaire, un nouveau *goût tragique*,

Qui ſoit vif, & frapant; je répons du ſuccés.

L'humeur de nos François, active, pétulante ;

Trouve plus que jamais les détails ennuïeux,

Et quelques beaux qu'ils ſoient, leur ame im-
patiente

Leur prefera toûjours un vers mélodieux :

On les reproche encor à l'Auteur des Horaces *;

Evitons les, donnons des ſentimens nouveaux;

    Le feu ſoûtient juſqu'aux défauts ;

    Et la langueur fait expirer les graces,

Que l'Auteur agité, dès l'*Expoſition*,

Epargne aux ſpectateurs un début lamentable ;

Ne l'intereſſons plus qu'à force d'*Action*,

---

* Corneille.

B

      Et s'il en coûte au *Vrai-semblable*;

Le charme seducteur de la compassion,

      Sçût toûjours rendre suportable

      La fable la moins raisonnable,

Pourvû qu'il en naquît beaucoup d'*Emotion*.

      J'en produirois plus d'une-caution

      D'une autorité respectable.

      Mais il faut renchérir sur eux.

Que le stile soit vif, concis, tendre, nerveux :

suivant les Nations, *modulons* le langage;

Pour les Heros du Nord, qu'il soit dur & sau-

    vage;

Pour les Grecs & Romains, grave & sententieux;

Pour les Héros François, sublime, & gracieux,

      Loin de nous la servile crainte

      De déroger à l'*Unité*;

      Par elle la Verve contrainte

      Voit toûjours son feu limité,

Au delà de sa sphere, un Poëte emporté

Prêt à produire des miracles,

Par ces ridicules obstacles

Se voit tout à coup arrêté.

Ne respectons enfin leur vaine autorité,

Que lorsque la regle sévére

Ne nuira point à la beauté

D'une Sçene qui pouroit plaire ;

On passe aux bons Auteurs quelques égaremens...

Qu'une passion neuve, aimable, délicate

Exprime, sans grands mots, les tendres sentimens :

L'amour françois proscrit les longs raisonnemens ;

Et le stile empoulé n'a plus rien qui le flate.

Que souvent la tendresse éclate ;

Que ses effets soient surprenans ;

Que la nature seule inspire les Amans ;

L'eloquence en amour est insipide & plate.

Qu'un *Songe*, une *Tempête*, un *Oracle*, un *Combat*,

Un *Récit* court & vif, une *Reconnoissance*,

Réchaufent l'*Action* par leur brillant éclat ;

Mais qu'ils foient *Singuliers*, c'eft la grande fçience,

J'entens par *Singulier* , que chacun des Tableaux,

Que le Peintre fera paroître,

Soit caractérifé par des coups de pinceaux,

Que le Goût feul peut faire naître :

Qu'ils foient fi naturels , qu'on impute au hazard

L'honneur d'avoir produit ces chef-d'œuvres de

l'Art.

Ménageons l'*Interêt* , c'eft l'ame du Théatre :

Saififfons tous les traits qui peuvent l'augmenter ;

Des fpectacles frapans le public idolâtre ,

Permet , pour l'émouvoir , qu'on ofe tout tenter.

Pour atteindre à ce but , emploïons la contrainte ;

S'il eft fourd aux fanglots , aux pleurs , à l'amitié ;

Chez le peuple toûjours la terreur & la crainte

Ouvre le cœur à la pitié........

C'eft ainfi que de Melpoméne

On peut rajeunir les attraits ;

On est las de voir sur la Sçene

Toûjours d'uniformes portraits;

Et qu'importe au Public, si l'ouvrage l'amuse,

Qu'aux régles d'Aristote on ait eu peu d'égard?

Il chérira toûjours la Muse

Qui l'aura diverti, même en dépit de l'Art. . . .

. . . .

. . . .

„ AUtre *Lacune*, Monsieur, mais
„ ce qui doit vous en consoler,
„ c'est que la tirade de nôtre Apôtre
„ du *Goût nouveau*, est passablement
„ longue. Je crains même qu'elle ne
„ le soit trop; à moins que vous ne
„ jugiez que l'Auteur de l'Epître,
„ ayant eu dessein d'exposer les idées
„ de certains Modernes sur la Poë-
„ tique, n'ait pû se dispenser d'entrer
„ dans un détail devenu necessaire,
„ pour en faire sentir plus fortement

„ le ridicule. Au reſte, ce qui vous
„ plaira le plus, à ce que je crois,
„ dans ce morçeau, eſt la maniere
„ ingenieuſe, avec laquelle il donne
„ une apparence de *vrai* aux raiſon-
„ nemens de ſon Harangueur. Le
„ deſſein de mon Ami, étoit de com-
„ battre le goût des Novateurs, &
„ de prevenir le mal qui peut en ré-
„ ſulter, s'il s'accreditoit davantage :
„ ils les fait parler avec eſprit, il leur
„ accorde des principes, même ſoli-
„ des ; tout eſt ſpécieux dans leurs
„ diſcours ; & c'eſt par-là qu'il par-
„ vient plus ſûrement à ſon bût, ſoit
„ par les conſequences fauſſes, ou
„ outrées qu'il leur fait tirer d'un
„ principe certain, ſoit par les con-
„ ſequences juſtes, mais dangereuſes
„ dans la pratique qu'il leur fait tirer
„ d'un principe faux ou erroné. C'eſt
„ là, ſi je ne me trompe, la bonne

„ maniere de couper racine à telles
„ erreurs que ce soit, & d'armer les
„ jeunes gens & les foibles contre
„ les impreſſions que les diſcours
„ captieux & ſéducteurs peuvent
„ laiſſer dans les eſprits. . . . Mais il
„ me ſied fort en verité de faire un
„ ſi long Commentaire ſur un *Texte*
„ que vous entendez beaucoup mieux
„ que moi ; pardonnez ce petit écart
„ à mon amitié pour l'Auteur, & je
„ reviens à la ſuite de l'Épître.

„ Je découvre encore à peu près
„ parmi les ratures, que nôtre Voya-
„ geur échapé au babil importun des
„ *Facheux*, & pourſuivant ſon che-
„ min avec ardeur, dans la crainte
„ d'être encore arrêté, frémit en ſe
„ voyant accoſter par une perſonne,
„ qu'il ſe rappelle d'avoir vû dans la
„ compagnie qu'il vient de quitter.
„ Il eſt bientôt raſſuré par les diſcours

„ de l'Inconnu, homme fpirituel, ai-
„ mable, & penfant jufte, qui lui
„ annonce, qu'il tient la même route
„ que lui, & qu'il s'offre à lui fer-
„ vir de guide. Leur converfation
„ roule bientôt fur celle qu'ils vien-
„ nent d'effuïer : le guide en relève
„ toutes les abfurdités, en expofant
„ les extrêmités vicieufes dans lef-
„ quelles une pareille morale féroit
„ tomber un jeune Poëte.

Ennemi plus que vous (dit-il) des brillantes

　erreurs,

J'aurois pû réfuter ce frivole fiftême ;

Mais j'ai l'oreille faite aux cris des Novateurs,

Et toûjours le vrai Goût fe défend par lui-même,

Mille Auteurs aveuglés, en vain pour l'imiter

A leurs foibles efprits ont donné la torture,

Jamais l'art le plus grand ne fe fera goûter,

　　S'il s'eloigne de la Nature.

La Scéne, selon eux, n'est qu'un vivant tableau,

   Dont l'*Art* forme chaque figure ;

D'autres à la *Nature* assignent le pinceau,

   Et l'*Art* n'y sert que de bordure....

Chacun dès deux partis extrême également,

Ainsi que dant l'erreur, est dans l'aveuglement.

Ce n'est qu'au *Naturel* que l'*Art* doit la naissance ;

De tous les deux unis naît la *Perfection* ;

Quiconque troublera cette heureuse alliance,

Et croira remplacer l'un d'eux par la *Science*,

En fera, tout au plus, naître l'*Illusion*.

   Souvent telle production

Eblouit le public, arrache la Victoire :

   Et la *Representation*,

De l'Auteur abusé semble assûrer la gloire ;

Mais bientôt revenu de sa prévention,

Le Public éclairé reconnoît l'*aliage*,

Et maudit en sortant & l'Auteur & l'Ouvrage.

Pour le stile, jamais il n'est trop châtié ;

Mais qu'il ne brille pas aux dépens de la fable;

       Ce qui choque le *Vrai-semblable*,

Ne poura qu'une fois surprendre la pitié.

De tous vos sentimens pesez bien la justesse:

Mais sur tout évitez trop de *délicatesse*;

Un jeune Auteur, par elle, en esclave est lié,

Et l'esprit captivé sous son injuste empire,

       Souvent de ce qu'il prétend dire

       Ne nous montre que la moitié,

Par l'usage & le têms la Regle autorisée,

Jamais impunément ne sera méprisée;

Mille beautés en vain voileront ce défaut,

Il sera découvert par le moindre *Grimaud*;

Et le Public piqué qu'on l'ait osé surprendre,

       Condamnant l'Auteur sans l'entendre,

Ne verra plus en lui qu'un adroit imposteur;

L'esprit moins aisément se séduit que le cœur....

Si du *Sujet* choisi la trop vaste étendüe

Ne peut être réduite en un seul point de vüe

Sans nuire au *Vrai-semblable*, ou blesser l'*Unité*,

Il faut l'abandonner, quoiqu'il en ait coûté.

En vain un Auteur entêté

De son intrigue mal tissuë,

Fera naître une heureuse issuë,

C'est un beau coloris sur un tableau gâté.

Jadis avec simplicité

La triste Melpoméne étaloit tous ses charmes,

Et des cœurs les plus durs sçavoit tirer des larmes :

On exige aujourd'hui plus de vivacité,

Et le Spectateur dégoûté

N'est plus sensible à ses allarmes....

Puisque la seule *Nouveauté*

Peut contre ce dégoût nous procurer des armes ;

Implorons son secours, chaque fois que ses traits

Pouront être ajustés aux tragiques portraits.

Du célébre Vol.... imitons la sagesse,

Nouveau sans être outré, son goût sur chaque *piece*

Sçait jetter un vernis sublime & gracieux ;

Il sçait parler aux cœurs, & captiver les yeux;
Mais ne nous flatons pas en marchant sur ses
 traces,

   De rencontrer les mêmes *graces*,
Sujettes à ses loix, il sçait les occuper;
Par quelque heureux hazard s'il en laisse échaper,
En lisant ses écrits, tâchons de le connoître,
C'est bien assez pour nous de pouvoir attraper
Quelques traits ressemblans à ceux d'un si grand
 maître.

. . . .

. . . .

. . . .

„P Our cette fois, je vous avouë,
„ Monsieur, que mon Telescope
„est en défaut. J'ai perdu absolu-
„ment la piste de nos deux Pele-
„rins, & ce petit malheur est cau-
„sé par le *deficit* d'un feüillet de

„ leur itineraire ; ce qui me met hors
„ d'état de vous apprendre le fuccés
„ de leur voyage.

„ Je ne trouve que la conclufion
„ de l'Epître, où l'Auteur en fe fepa-
„ rant de l'inconnu, dit :

Je ne le quittai qu'à regret!...

Cependant mon ame calmée

Déja d'un feu nouveau paroiffoit animée,

Et dès le même foir j'en éprouvai l'effet.

Enfin par le confeil de cet ami fidéle,

J'ofai te prendre pour modele.

Si j'en euffe connû de plus digne que toi,

Tu ne te verrois pas importuné par moi....

Je fuis ton Ecolier & fais gloire de l'être,

Si j'ai quelque talent, tes écrits l'ont formé;

Trop heureux de n'avoir rimé,

Qu'aprés avoir fçû te connoître!...

Sur la foi d'un fi foible écrit

Tu rougiras pourtant de t'avoüer mon Maître ;

Mais le cœur l'a dicté beaucoup plus que l'esprit,

Qui de tout ce qu'il sent n'est qu'un foible in-

     terprête.

Daigne suspendre donc un Arrêt rigoureux ;

Et lorsqu'il t'offrira l'homage qu'il t'aprête,

        Tu pouras les juger tous deux.

” JE crois maintenant, Monsieur,
”   que la Lettre de Mr. de Vol...
” à mon Ami, sur l'Epître que vous
” venez de lire, trouve ici naturel-
” lement sa place : elle est trop à la
” gloire d'un homme dont le sou-
” venir m'est cher, pour que je ne-
” glige de vous en faire part.

à Cirey en Champagne, ce 14. Novembre 1735.

'Ai reçû, Monsieur, à la Campagne où je suis depuis quelques mois, & où je compte rester encore du têms, la Lettre dont vous m'avez honoré, & les vers aimables qui l'accompagnent. De quelque main qu'ils soient, ils annoncent beaucoup de goût & de genie, deux choses rares même séparément, & encore plus rares à trouver ensemble. Ma passion pour les belles-Lettres me rend Ami de quiconque les cultive : personne ne me paroît avoir plus de droit à mon amitié & à mon estime que vous, Monsieur, dont la jeunesse & les talens donnent tant d'esperance. Vous n'avez pas besoin qu'on vous exhorte à les cultiver. Je n'ai que des louanges à vous donner & des remercimens à vous faire. Je suis avec ces sentimens

MONSIEUR,

Vôtre très-humble & très-obeiſſant Serviteur Vol...

,, JE trouve deux autres Lettres
,, jointes à celle-ci, que vous ne
,, ſerez peut-être pas faché de lire;
,, d'autant plus qu'elles ſont de Mr.
,, de M.**** dont le genie gai &
,, ſingulier vous eſt connu. Elles ont
,, d'ailleurs quelque connexité avec
,, l'Epître que vous venez de voir,
,, puiſque c'eſt à ſon occaſion qu'elles
,, ont été écrites, & qu'elles roulent
,, à peu près ſur les mêmes matieres
,, qui y ſont traitées.   D

De Fret... ce 1. Octobre 1735.

Ous avons reçû ta Lettre, mon cher Ami, accompagnée de ton Epître à Mr. D. Vol.... avec un vrai plaisir ; tu n'en douteras pas en aprenant que nôtre petite Societé est composée des mêmes personnes qui la formoient l'année passée. Il n'y manque que l'aimable Mad. le D. R. qui est encore aux eaux de.... & toi : Ainsi rien de changé dans la façon de penser de la Compagnie sur ton compte. Honoré dans ton absence de l'emploi de Lecteur, ta Lettre & l'Epître me furent d'abord mises en main par Mr. D.... pour en faire part à la petite Societé. Je m'en acquitai le moins mal qu'il me fut possible.

C

Tu es sans doute curieux de sçavoir comment cela a été pris ; cette inquietude est naturelle à tout Auteur. Tu n'es point avide de ces éloges dont la politesse fait quasi tous les frais, & où la verité a souvent fort peu de part ; il faut donc parler en ami *vrai* & sincere ; c'est ce que je vais faire.

D'abord, en gros, ta piece a été fort applaudie & fort critiquée ; fort applaudie par ceux qui sçavent ou qui croïent penétrer quel est ton but ; fort critiquée par ceux qui l'ignorent, ou qui ne veulent pas se donner la peine de le deviner. Ces derniers blâment sur tout la temerité de l'entreprise, & le risque dans lequel tu te mets de te faire une foule d'ennemis, dont quelques-uns ont déja un certain nom dans le monde. La mécanique de l'ouvrage n'a pas non plus été exempte de leur censure; quelques vers foibles, des rimes négligées, quelqes termes impropres ou hazardés, ont été trouvés des *fautes grossieres* & impardonnables: *Tant l'homme est porté à se faire des monstres des moindres défauts d'un ouvrage dont le sujet lui déplaît!* mais c'est à quoi tout Auteur doit s'attendre; je n'en connois aucun qui plaise à tout le monde. Voilà quant à ceux - ci.

A l'égard des autres, ils ne se font arrêtés aux défauts de composition, que pour observer qu'il te feroit aifé de les corriger; c'est-à-dire, qu'ils leur ont fait grace en faveur *du fond* qui leur a plû infiniment: Mais je n'entrerai dans aucun détail là-dessus; non pas de peur de t'enorgueillir, mais parce que je sçais que les loüanges perdent les trois quarts de leur prix, quand elles nous font données par des amis qu'on connoît pour les meilleures gens du monde.

Par exemple, te flaterois-je beaucoup, si je te difois que la groffe Mad.^me B... te place déja à côté des Corneilles & des Racines? Elle, dont la manie eft de fe paffionner pour tout Auteur qu'elle connoît perfonnellement, & qui a tant de penchant pour eux, que leurs *fotifes* mêmes, fuperbement reliées en maroquin, ont toujours droit d'occuper la premiere place dans fa Bibliotéque. Non, je te dirai feulement, & comme une nouvelle interreffante pour toi, que R.... nôtre fombre & févere Philofophe n'a pû s'empêcher, à la lecture de ton Epître, de fortir deux ou trois fois de fa gravité ordinaire, & de dérider fon front, pour en applaudir certains endroits?

Mais gare le retour : j'ai bien peur qu'il ne cherche à te punir d'avoir escamoté des applaudissemens au plus grand Anti-Poëte de France : car il m'a hier demandé ta piece d'un certain air aigre-doux qui m'a parû de mauvais augure. J'ai d'autant plus lieu de le craindre, que je ne té crois pas absolument en sûreté de conscience envers les critiques de son espece, gens, dont les yeux perçans éclairent un ouvrage de si prés, qu'au défaut de fautes remarquables, ils vont en déterrer dans les endroits mêmes où l'Auteur croïoit devoir plaire & fraper davantage.

. Au reste je te conseille fort de le laisser japer, & de suivre ton chemin sans inquietude : un ouvrage à l'abri de la critique est un *être de raison*, & tu feras bien de ne lui répondre que ce que Mr. D. Vol.

dit à son Ami Fakener en pareil cas.

Je sçais qu'il est indubitable,

Que pour former œuvre-parfait,

Il faudroit se donner au diable,

Et c'est ce que je n'ai pas fait.

Maintenant que je t'ai rendu compte des sentimens de nôtre Compagnie sur ton Epître, il est têms que je te fasses part, en Ami, de mes idées particulieres.

Aprens donc que tu es bien hardi, toi qui te qualifies dans ta piece, d'homme,

Ignoré du public, & trop heureux peut-être

D'oser débuter par une production aussi scabreuse que celle dont tu nous fais part ; Que n'aura-t'il pas lieu d'attendre, ou que n'exigera-t'il pas d'un jeune homme, qui en mettant le pied sur le Parnasse, est assez téméraire pour donner des preceptes, & vouloir regler le goût du Poëme Dramatique? Sur tout prêt, comme tu l'es, à donner à ce même public un ouvrage dans ce genre. En verité je tremble pour toi, & j'aprehende fort, que *les grandes verités que tu viens de lui révéler*, ne servent qu'à te battre toi-même en ruine, & ne tournent à ta propre confusion.

Il faut du moins que tu avouës, qu'en lui dévoilant tous les défauts & les beautés de ce grand art, tu le rends encore plus difficile : Que tu te mets toi-même dans la necessité indispensable d'observer scrupuleusement les régles que tu en donnes ; Que tu vas rendre tel qui n'étoit connoisseur que par *instinct*, en état de fonder sa critique, en analisant & dévelopant toutes les parties d'un

Poëme, pour chercher dans chacune d'elles la perfection que tu exiges.

Cette justesse, cette delicatesse, & cette élévation que tu demandes dans les sentimens, sont autant d'armes que tu fournis au Public contre la piece que tu composes ; & si tu bronches en quelqu'endroit, les vers même de ton Epître serviront de critique à ta Tragedie.

Que dirai-je de ce goût, de cet être indéfinissable, qui gît dans la délicatesse du *sentiment*, & que tu te mêles pourtant de vouloir fixer ?.. De ce *Naturel ?* De ces *Graces ?* De ce *Beau singulier ?* Enfin de toutes ces perfections, dont tu nous fais un si pompeux étalage, & dont la spéculation est bien plus séduisante, qu'il n'est aisé de les trouver, & de les mettre en pratique ?.., Plus je rêve à ton procedé, moins je puis le comprendre.

Oserois-je te dire ma pensée?.. De deux choses, l'une: ou ton idée est de rendre cette Epitre publique, ou non? Si tu la destines au Public, tirerois-je à faux, en présumant que ton but est de le pressentir, & de tâter., pour ainsi dire, quelles seront ses dispositions à ton égard?

Mais en ce cas, pourquoi lui faire des promesses si difficiles à remplir? Tu t'imagines peut-être le prévenir en ta faveur, en lui montrant combien il est mal-aisé de l'amuser dig-nement, & le disposer par-là à te passer, en faveur de ton zéle & de ta jeunesse, des défauts inséparables de la triste qualité de Novice? Si c'est là ton sistême, que tu te trompes, & que tu connois peu cet im-pitoïable Public! Rebuté depuis long-têms de ces pieges grossiers, ils ne servent qu'à l'avertir de se tenir encore plus en garde contre ceux qui les lui tendent ; & comme tu le dis toi-même, on a beau lui deman-der grace, quand il est une fois pré-venu,

> . . . . Rien ne peut le calmer,
> S'il n'est enfin ravi, par qui l'a sçû charmer.

Ainsi, s'il goûte ton Epître, & que ta Tragedie ne remplisse pas les espérances qu'il en aura conçuës, je te plains. S'il ne la goûte pas, je te plains encore plus : il décidera de la piece par l'Epître, & voilà mon Au-teur sifflé d'avance.

Si au contraire tu n'as fait cet Ouvra-ge que pour M. D. Vol... & sans aucune intention de le rendre public, je tire les mêmes consequences de cette conjecture comme de la précédente, & tu ne seras pas moins coupable à ses yeux, si tu le trompes, qu'à ceux des autres, si tu leur donne moins qu'ils n'attendent de toi. Conviens que la situation, dans laquelle tu te trouves volontairement, est étrange. Pour moi, dans ta place, je supprimerois l'Epître, s'il en étoit encore têms ; j'immolerois & la peine qu'elle m'auroit coûtée, & la frivole gloire qui pouroit m'en revenir, à la crainte qu'elle ne nuisit à mes autres Ouvrages.

Ce n'est pas que j'aie aucune mauvaise idée de ta Tragedie ; je sçais trop avec quel soin tu l'as travaillée, malgré ta paresse naturelle ; mais encore un coup, ton Epître promet trop ; & en fait de promesses, le Public n'entend point raison, à moins qu'on ne les tienne.

Cette elégante pureté de stile, qui, selon moi, est la plus belle partie du Poëme, & la plus difficile à attraper, me paroît un écüeil insurmontable pour tout Poëte qui joint pour la premiere fois la pratique à la théorie. Combien d'expressions fortes & hardies n'échape-t'il pas à un jeune Poëte qui chausse le Cothurne pour la premiere fois ?.. Sa plume timide n'ose encore tracer qu'en tremblant des traits, qu'un autre enhardi par les succés passés, touche avec toute la force & l'energie que demande la *Sçene*.

Astraint à des *regles austeres*, qu'il n'a point encore acquit le droit de transgresser, combien meurt-il d'autres beautés, au bout de la plume d'un Auteur, qui n'est pas encore familiarisée avec le danger ? Combien de Poëtes pourois-je nommer, & même de nos meilleurs, dont les premiers ouvrages ne meritent pas d'être comparés avec ceux qui les ont fuivis? *Mélite* & *Clitandre* ne font-ils pas les effais de l'Auteur du *Cid* & de *Cinna?* La Thébaïde, de celui d'*Andromaque* & d'*Athalie*, & *Jdomenée*, de celui de *Rhadamifte?*..

A quoi attribuer l'énorme difproportion qui fe trouve entre toutes ces premieres Tragedies, & celles qui les ont fuivies, qu'à la timidité de ces grands hommes, en afrontant pour la premiere fois le danger de la Repréfentation?

Ils ont pourtant trouvé grace devant le Public, me diras-tu? Il eft vrai; mais deux raifons très-fortes t'interdifent l'efpoir d'une pareille indulgence. L'une, c'eft que les têms font abfolument changés, & que tu conviendras, que lorfque ces grands-Maîtres, du moins les deux premiers ont donné leur coup d'effai, la perfeǎion de la Sçene Françoife n'étoit

pas portée au point où elle est aujourd'hui. L'autre, c'est qu'ils s'étoient
bien donné de garde de prévenir le
Public, & de lui donner des armes
contre eux, comme tu viens de
faire.

D'un autre côté, si je te connoif-
fois moins, n'aurois-je pas lieu
de te croire assez présomptueux
pour oser esperer un succés aussi
éclatant à ta premiere Tragedie,
comme l'ont eu les Auteurs d'Œdi-
pe, & de Didon? Mais ce seroit t'in-
sulter, & je me rapelle combien de
fois tu m'as dit, que c'étoit-là de
ces exemples rares, plus aisés à admirer qu'à imiter. En effet pour deux
ou trois génies de cette sublime espece que la France a produits, &
dont on peut dire :

Que les premiers essais valent des coups de maîtres

Combien pourions-nous citer d'infortunés Auteurs, qui faute d'avoir bien connu leurs forces, & le véritable goût de la Sçene Tragique, n'ont recueilli que honte & confusion dans le même champ où les autres ont cüeilli depuis peu tant de lauriers?

Pardonne moi, mon cher Ami, ces réflexions peut-être chagrinantes pour toi; mais c'eſt l'interêt que je prens à ce qui te touche, qui les fait naître; & mon inquietude n'augmente qu'à proportion du riſque que tu cours.

Je reviens aux Auteurs diſgraciés: car je veux forcer l'amour propre dont je te ſoupçonne, ne ſeroit-ce qu'en qualité d'*Homme*, juſques dans ſes derniers retranchemens; prépare toi donc à répondre ſincerement aux queſtions que l'amitié m'engage de te faire.

A quoi atribuës-tu la chûte & le mauvais fuccés de tant de Tragedies, que differens Auteurs ont données au Théatre depuis Corneille & Racine? Eft-ce au défaut de genie, à la négligence de ceux qui les ont compofées; ou enfin au peu d'indulgence du Public pour les nouveaux Auteurs?

Voilà, peut-être, à quoi tu n'as jamais bien rêvé: on aime à s'étourdir fur une penfée fi humiliante pour un Auteur Candidat; n'importe, il eft encore têms d'y réfléchir.

Si c'eft à l'un de ces défauts, ou à tous les trois enfemble que tu imputes leur difgrace; je te répondrai que cela peut bien être pour quelqu'uns d'entre eux: mais je ne croirai pas moins qu'il peut s'en être trouvé dans le nombre qui par leur génie, & un travail affidû

n'ayent

n'ayent eu lieu de se flater autant que toi, des applaudissemens du Public. Ils ont pourtant eu le malheur, aprés avoir travaillé, limé, poli leurs ouvrages, peut-être plus que tu ne fais les tiens, de les voir méprisés, tournés en ridicule, & enfin oubliés par ce Public qu'ils se flatoient de captiver.

Si c'est sur son peu d'indulgence que tu jettes toutes ces chûtes, il ne me sera pas difficile de te prouver que jamais bonne Tragédie, & même passable, n'a été sifflée deux fois de suite.

Il est vrai qu'on a vû souvent des Cabales, formées par des Auteurs jaloux l'un de l'autre, parvenir à force d'intrigues & de bruit, à faire tomber une Piece à la premiere représentation : mais il n'est pas moins vrai que ces mêmes Pieces, lors-

D

qu'elles ont reparuës, aprés la premiere fougue des Cabalistes appaisée, ont eu tout le succés que l'Auteur en pouvoit attendre, & que le Public détrompé a rendu justice à leur mérite, & recompensé l'Auteur au centuple, du chagrin que son jugement précipité lui avoit causé. L'*Adélaïde du Guesclin* *, que nous avons vû siffler l'hiver passé à la premiere représentation en est un exemple récent. Cette catastrophe a été suivie peu de jours aprés de douze Représentations de suite, que le Public a païées au double du prix ordinaire. Peut-on rien de plns consolant pour l'Auteur & les Comediens?...

Quelle peut donc être enfin la cause cachée de tant d'esperances évanoüies, si avec un genie brillant &

---

* De Mr de Voltaire.

un travail aſſidu, tant d'Auteurs n'ont pû réüſſir à contenter le Parterre? Pour moi, je crois que c'eſt faute d'avoir pû ſaiſir le *vrai goût* du Cothurne.

Voilà, ſans pouſſer plus loin nos recherches, l'écüeil contre lequel ils ont tous fait naufrage.

Puiſque c'eſt donc de ce point ſeul que dépend la deſtinée des piéces Tragiques, & que ce goût qui produit tant de beautés, eſt un préſent de la Nature, perfectionné par l'Art qui eſt donné à ſi peu de perſonnes; un jeune Auteur qui ſe flàte de le poſſeder, ne doit-il pas être regardé comme le plus vain & le plus temeraire des hommes?...

Ne vas pas croire cependant que la fin de mon raiſonnement tende à te décourager, ni à te faire deſeſperer du ſuccés de ton entrepriſe. Si tu réuſſis, tu n'en auras que plus de gloire ; ſi au contraire ton attente n'eſt pas abſolument remplie, mes réflexions ſur les difficultés de ce grand Art, ſerviront de matiere à ta conſolation ; & quelque triſte qu'il ſoit d'enviſager le danger d'une entrepriſe délicate, aprés avoir été la victime de ſon trop de confiance, il te reſtera du moins la gloire d'avoir beaucoup oſé, & à moi celle d'avoir rempli le devoir d'un veritable Ami. Au reſte ce font tes propres réflexions, qui ont, pour ainſi dire, fait *germer* les miennes ; & ſans ton Epître à Mr. D. Vol.... je ſerois ſans doute encore dans le même état de ſecurité ſur ton compte, où j'étois ci-devant. Adieu, je ſuis toûjours autant qu'il faut l'être, pour l'être bien en tous points, &c.

SECONDE LETTRE.

à Fret... ce 10. Novembre 1735.

LE sort en est donc jetté, mon Ami, & ton Epître étoit partie, lorsque ma Lettre t'est parvenuë; il n'est plus question d'y penser, que pour chercher à prévenir les suites qu'elle peut avoir.

Je suis bien faché, que ce que tu appelles ma *chagrine Homelie*, t'ait fait faire de si chagrinans retours sur toi-même; & encore plus, de ce qu'ils ont été poussés au point de te faire quasi jetter ta Tragédie au feu. Cet heureux *quasi* me rassure un peu, & me fait voir que tu n'as pas encore perdu toute espérance. Je t'en

félicite ; la fotife eft faite, il faut
tâcher d'en tirer de la gloire.

Le fuccés juſtifie un projet téméraire ,

Et la crainte n'abat qu'un courage vulgaire.

Je te louë de la rigoureufe réforme que tu entreprens de tous les
vers *douteux* ou trop *hardis* de ta
piece ; & d'en facrifier le brillant
féducteur au *vrai* & au *naturel*.
Crains cependant que le fcrupule ne
te faſſes tomber dans un autre excés.
Ce que j'apelle le vrai *Ton* en fait
de compoſition du Poëme Tragique,
que tu dis que mes réflexions te font
chercher avec foin, & qui eſt (paſſe
moi cette expreſſion triviale) le fils
aîné du Goût, ne fe faiſit pas aifé-
ment ; & tel croit faire chanter
Melpoméne *juſte* , qui la fait fouvent
détonner d'une maniere infuportable
aux oreilles délicates.

Je crois qu'il n'eſt qu'un certain milieu entre le *ton* enflé de l'Epique, & le *ton* ſimple & uni du Comique, qui puiſſe convenir à la Muſe de la Tragedie ; c'eſt, ſi je ne me trompe, ce que les Grecs apelloient, en fait de Muſique, le *Mode Dorien*, grave & ſublime ; lequel doit être varié ſuivant les differentes *poſitions* où les Acteurs paroiſſent, & les diverſes paſſions qu'ils ont à exprimer.

Ceci poſé, reſte à chercher des régles à peu prés ſûres, pour trouver ce *ton*, ſans lequel le *grand Tragique* ne peut être que défectueux.

J'interdis d'abord l'eſpoir de jamais faire cette découverte à tout cerveau vicieux & mal organiſé ; à tout homme qui n'a lû que la Poëtique d'Ariſtote, & celle de l'Abbé d'Aubignac, & vû les bons Auteurs Tragiques que dans ſon Cabinet. Je defefpere encore plus de ces outrés partifans des Modernes, qui ne connoiffent des *Anciens*, que le nom, & qui n'ont fait leur cours de *Poëtique*, que dans les Caffés de Paris, ou dans le parterre de la Comedie Françoife.

La lecture affiduë des anciens & des bons Modernes, la frequentation du Spectacle, la converfation des Gens de goût, & d'un certain monde, peuvent feuls préparer un jeune homme à y faire quelques progrés.

Mais ce n'eft point encore affez. Le difcernement de la jufteffe & de la fauffeté dans les *tons* de ce genre, ne s'acquiert point, fi on n'en a apporté le *germe* en naiffant; & l'art le plus étudié ne fuppléra jamais abfolument à ce que la Nature a refufé.

Je dis plus : tout homme quelque fpirituel qu'il foit d'ailleurs, qui n'étant pas doué de ce talent naturel, voudra emploier l'art pour l'acquerir, se rendra plus insuportable dans sa Poësie, aux oreilles des Connoisseurs, que l'Auteur le plus médiocre dans sa Prose. C'est dequoy on pouroit fournir plus d'une Preuve, si ce sentiment n'étoit *incontesté*. De là ces stiles contraints & languissans, dont la froide elégance glace jusqu'aux demi-connoisseurs : delà ces stiles guindés & sublimement ridicules, qu'un Auteur sans goût, ou Poëte *par art*, donne pour mâles & harmonieux ; le premier croit réchaufer le sien en le lardant le plus qu'il peut d'apostégmes antiques, qu'il trouve le secret de rendre plus ennuïeux que les Quatrains de Pibrac ; l'autre, pour éviter ce défaut, ne nous donne, pour vers *saillans* & sententieux, qu'une Morale ·scélerate rafinée, ou quelques vieux blasphêmes de Lucrece habillés à la Françoise.

Je pourois trouver plus d'un exemple de ce ridicule dans ceux de nos Poëtes qui y sont tombés ; mais je crois pouvoir m'en dispenser, persuadé que je süis, qu'un homme qui a le goût formé, ou prêt à l'être, les connoît assez. Quant aux autres, ils ne meritent gueres qu'on prenne la peine de les leur indiquer.

Il ne nous reste donc qu'une seule espece de genie propre à faire parler Melpoméne avec toute la dignité attachée à son caractere, & la rendre par consequent sûre de plaire au Public, même en s'écartant quelquefois, avec moderation, des Régles établies.

Ces génies heureux, quoique rares, sont aisés à connoître, quand on veut les chercher ; un ſtile coulant, quoique précis, quand il le faut, ſublime ſans emphaſe, brillant ſans ſuperficiel, plein ſans ornemens recherchés : voilà les traits qui les déſignent en gros. Mais il en eſt de particuliers qui les caractériſent encore mieux ; & quiconque ſçait les connoître & les ſentir, poſſede une *Pierre de touche* ſûre, à la faveur de laquelle il ſçaura toûjours diſtinguer un bon Poëte Tragique d'avec un médiocre : j'entens en ce qui touche le ſtile & la vraie éloquence du Théatre ; car pour ce qui regarde le plan de la Fable, & les autres parties du Poëme, c'eſt ce dont nous parlerons une autre fois.

A l'égard de ces traits marqués au bon coin, quoique tu les ſaches ſans doute mieux que moi, je ne puis réſiſter à la tentation de t'en rapporter quelques uns de ceux qui m'ont le plus frappé : le souvenir, en tout cas, ne t'en fera pas difgracieux, & les bonnes chofes, quoique redites, ennuïent rarement.

Ne t'étonnes pas, je te prie, de ce que je ne vais point chercher mes exemples dans Corneille, Racine, ni Crébillon ; je fuppofe que tu les fçais par cœur ; je ne veux te donner que du *dernier Moderne*, ne feroit-ce que pour faire une légere revûë des Poëtes de nos jours, qui ont encore fçû trouver de quoi glaner abondamment aprés ces grands hommes.

Je penfe devoir encore t'avertir, qu'écrivant familierement à un Ami, je ne crois pas devoir m'affujettir à aucun ordre dans mes recherches, ayant envie de prendre le *Beau* par tout où je le trouverai, & à mefure qu'il fe préfentera à ma memoire. . . Par exemple, le mot d'*Ami*, que je viens de prononcer; me rappelle un Vers de Mr. de Voltaire dans son Adélaïde, par lequel j'entre en matiere.

Vendôme, un des principaux Personnages, aime Adélaïde à la fureur: instruit que Nemours son frere l'aime aussi & en est aimé, le desespoir le porte à ordonner la mort de ce Frere, quoiqu'il l'eût toûjours aimé jusqu'alors de l'amitié la plus tendre... à peine a-t'il prononcé cette sentence barbare, que livré à ses remords, il se représente toute l'horreur de l'action que l'amour lui fait commettre. La tendresse fraternelle qui agit sur son cœur malgré sa passion, lui met devant les yeux tout ce qu'il va immoler à cette derniere... il l'étoufe d'abord... elle renaît... il balance... il l'écoute enfin; mais ce n'est qu'en se rappellant l'amitié qui le lioit autrefois à son Frere. C'eſt dans cette ſituation touchante, qu'ayant horreur de lui-même, il dit d'abord à peu près ces mots : *il eſt mon Frere, & mon amour l'immole ?* Et enſuite avec tranſport :

> Que dis-je ? Ah malheureux ! dans ma haine afermi
>
> J'oublie un droit plus ſaint ! Nemours fut mon Ami !

Eſt-il rien de plus ſimple, & en même têms de plus ſublime pour le patétique que la fin de ce dernier Vers ?... Voilà un de ces traits de *main de Maître*, qui enchantent à la fois l'eſprit & le cœur. Au prix de combien d'emphaſe & de verbiage un Auteur ſubalterne ne nous auroit-il pas fait acheter le ſentiment que ce demi vers renferme ? Je n'en dirai rien de plus; tu dois en sentir toute la force & le mérite.

L'Auteur de la Tragédie de Callisthéne nous offre un autre trait qui n'est pas moins digne d'être cité, par raport au *naturel* & à la *précision*.... Il s'agit d'un Amant infortuné, qui adore une personne, qu'il n'a pourtant vûe qu'une seule fois, il y a très long-têms. (Mais n'importe, l'Auteur le veut ainsi, & l'Amour faisoit de ces miracles dans ce têms-là.) Ce tendre Amant, dis-je, pour amener la confidence qu'il veut faire de sa passion à son Rival, qu'il ne connoît pas pour tel, lui fait une description des jeux ausquels la jeunesse de Lacédemone de l'un & l'autre sexe s'exerçoit, lorsqu'il devint amoureux, & s'exprime ainsi :

. . . .

Tout ce que Sparte avoit de rare entre ses filles,

La couronne à la main assistant au combat,

Y brilloit à l'envi du plus naïf éclat;

D'inutiles atours ne brilloient point sur elles.

Le luxe eût avili leurs graces naturelles;

La simple modestie étoit leur vêtement;

Et l'austere pudeur leur unique ornement.

Quelle Ame à cet aspect ne se fût pas emuë!..

Parmi ces beaux objets où s'égaroit ma vûë,

J'en vis un, qui bien-tôt fixa par ses attraits

Mes yeux pour un moment, & mon cœur pour

jamais.

Des Vers de cette espece, quoique dans un sujet ingrat, annoncent toûjours un bon Poëte, & lui attirent l'estime des connoisseurs, indépendamment du succés plus ou moins grand, de l'ouvrage dans lequel ils se trouvent.

Le Gustave du même Auteur, à
travers

travers plusieurs traits frapans que je pourois citer, si je n'aprehendois d'être trop long, m'en fournit un admirable pour l'énergie.

Christierne, Usurpateur de la Couronne de Norvége, qui n'a d'autre ennemi à craindre que Gustave, met sa tête à prix. Un inconnu, qui est Gustave lui-même, vient demander la recompense de cet homicide, disant qu'il l'a commis. Le Tiran, qui sur la foi de quelques indices, soupçonne que ce prétendu meurtrier est Gustave en personne, ne trouve pas de meilleur moyen de s'en éclaircir que de faire paroître Leonor, mere de ce Prince, qu'il tenoit prisonniere depuis long-têms... Il feint alors de vouloir appaiser cette Mere affligée, en lui sacrifiant l'assassin de Gustave. Leonor qui goûte déja le plaisir de vanger son fils, accepte l'offre

E

du Tiran... on lui amêne Guſtave
enchainé, & Chriſtierne parle ainſi
à ſa Mere.....

Tiens, regarde ſes fers

Eſt-ce là donc un prix digne de tes reproches?

Suis-je coupable encor du meurtre de tes proches?

Qu'il meure, & qu'à jamais ce coup nous rende

Amis;

Qu'on l'immole! frapés.... *

LEONOR *ſe jette entre ſon Fils & les bourreaux.*

Arrête!...

CHRISTIERNE.

...Ah! c'eſt ton Fils!

IL eſt inutile de faire l'éloge de
cette ſituation, qui auroit fait
honneur à nos plus grands Tragiques; & je défie que l'homme le

* à ſes Gardes.

plus infenfible, & le plus dépourvû de fentimens l'ait pû voir repréfenter fans émotion.

Voilà comme un habile Poëte, ainfi qu'un habile Peintre rend tout préfent à nos yeux, par la maniere ingenieufe dont il fçait profiter d'une *fituation* favorable. Car ce n'eft point affés de fçavoir la faire naître, il faut encore en fçavoir tirer toutes les beautés dont elle eft fufceptible, fans quoi vous laiffez aux Connoiffeurs le chagrin de fe voir privés du plaifir qu'ils s'attendoient de goûter dans la repréfentation d'une Sçene, dont vous ne leur donnez pour ainfi dire, que l'*Avant-goût*.

Souvent un feul Vers bien frapé, & placé à propos dès l'entrée d'une Sçéne qui doit être intéreffante, vous prépare & vous concilie l'attention du Spectateur. Tel est celui que Mr. de Voltaire met dans la bouche d'Orosmane (Acte V.e Scéne 9.e de Zaïre) lorsque son Confident lui dit :

Le Sérail est plongé dans un profond silence;

Tout dort, tout est tranquile; & l'ombre de la

nuit...

O R O S M A N E.

Helas! le crime veille, & son horreur me

fuit !...

Peut-on mieux peindre d'un seul trait les differens mouvemens dont un Amant jaloux est agité, au moment qu'il va sacrifier ce qu'il a de plus cher, à des soupçons, qu'il voit avec douleur prêts à se changer en certitude ?

Le langage des *Passions*, quoique fertile & abondant, est pourtant le plus difficile à bien manier ; & l'on risque souvent de les rendre babillardes en voulant les trop bien exprimer ; on croit qu'un trait de plus rendra le tableau parfait, c'est ordinairement ce qui le rend défectueux.

Les raisonnemens un peu étendûs se pardonnent tout au plus à l'*amour*, encore ne plaisent-ils veritablement que dans la bouche d'une femme ; & je trouverois Titus * bien plus amoureux, s'il étoit moins prolixe.

Il faut avoir le génie & le goût de l'Auteur de *Didon*, pour réussir avec autant d'éclat dans un sujet aussi délicat à toucher que le sien, & pour avoir sauvé son Enée des reproches que vingt critiques de profession, que j'ai connus à Paris, s'attendoient à lui faire. Et ce n'est pas une petite gloire pour l'Auteur, d'a-

* De Racine.

voir entrepris de travailler sur un *sujet* qu'on croïoit épuisé par Virgile, & que nos plus grands Poëtes n'ont jamais regardé qu'avec une espece de respect mêlé de crainte. Que n'a t'on pas lieu d'attendre de lui aprés un pareil coup d'essai? . . .

Mais revenons aux passions, que l'éloge des talens de *Mr. le Franc* m'a fait perdre de vûë, & regardons comme une maxime certaine ce que dit à ce sujet l'illustre Auteur de Telemaque, qui pretend qu'elles ne font plus *passions*, dès qu'elles font trop *raisonnées*.

En effet les *passions* propres au Théatre tragique, telles que la *fureur*, la *crainte*, l'*horreur* &c. ne doivent s'exprimer que par des *traits*, & non par des raisonnemens qui les énervent, & les rendent languissantes. L'amour seul a prescrit le droit d'étaler tous ſes ſentimens, aux riſques. de ceux qui le font parler.

Mais que la tendre Amante ne ſoit pas plus prolixe que Zaïre, Didon & Adelaïde; l'Amant, qu'Oroſmane, Enée, & Guſtave : n'abuſons pas d'un privilege dont le ſeul Théatre François eſt en poſſeſſion.

Evitons ſur tout ces caracteres d'Amant & de héros forcenés, chez leſquels l'Amour ne s'exprime qu'en blaſphêmant. Rien ne marque plus la ſterilité & le mauvais goût d'un Poëte, que ces incartades indécentes.

Si le *Sujet* vous néceſſite de faire parler une Amante outragée, ou trahie, à laquelle on oppoſe, pour s'ex-cuſer, les ordres des Dieux; imitez l'exemple de l'Auteur de Didon, qui dans cette circonſtance la fait parler ainſi à Enée.

Les immortels, jaloux du foin de ta grandeur,

Menacent ton amour de leur couroux vangeur,..

Ah ! ces préfages vains n'ont rien qui m'épouvante,

Il faut d'autres raifons pour combatre une
    Amante ;

Tranquiles dans les Cieux, contens de leurs autels,

Les Dieux s'occupent-ils des amours des mortels?

Ou fi de nos ardeurs leur Majefté bleffée

Abbaiffe jufqu'à nous leurs foins & leur penfée,

Ce n'eft que pour punir les Traîtres comme toi,

Qui d'une foible Amante ont abufé la foi.

Crains d'attefter encor leur puiffance fuprême,

Leur foudre ne doit plus gronder que fur toi-
    même.

Mais tu ne connois pas leur auftere équité,

Tes Dieux font le parjure & l'infidélité.

Voilà tout au plus jufqu'où l'excés
d'une paffion combatuë par les pré-
tendus ordres des Dieux, doit être

portée; & je ne doute pas, que dans la réforme que tu fais des Vers *douteux* ou *hardis* de ta piece, tu n'aïes retranché ce Vers, pour lequel nous avons eu de si fréquentes disputes; lorsque tu fais dire à un de tes héros, auquel dans de semblables circonstances une Princesse oppose les ordres des Dieux:

Parlez des Dieux au Peuple, & des vertus, aux Rois.

Un pareil Vers, quoique grand & noble dans un certain sens, est susceptible d'une autre interprétation trop cavaliere; & je jugerois mal de ton goût, si tu le conservois.

Mais je m'apperçois que cette matiere me méneroit un peu loin, & cette Lettre n'est peut-être déja que trop étenduë; ainsi dans le doute où je suis de sçavoir si mes spéculations feront de ton goût, j'attendrai ta réponſe, pour les continuer avec plus de méthode, ou pour me taire.

Je me rapelle en fermant ma Lettre, que tu me demandes mon avis ſur un ſcrupule qui t'eſt ſurvenu au ſujet de ton *Récit*... à cet égard, je t'avouërai que je ne conçois point ce qui peut l'avoir fait naître ; & je ſuis fort éloigné de me ranger à l'avis de ceux qui diſent, qu'il faut abſolument les éviter, attendu *qu'il fait languir la cataſtrophe d'une Piéce, s'il eſt ſimple & naturel ; ou, que c'eſt un ornement déplacé, & hors du vrai-ſemblable, s'il eſt pompeux & poëtique, comme celui de Phédre & Hippolite.....* Quant à moi, je nie formellement la premiere partie de cet Argument, & je crois qu'un récit ſimple & naturel ne nous ennuïe jamais, dès qu'il n'eſt pas trop long,

& qu'il nous inftruit patétiquement de la deftinée des Perfonnages, aufquels nous avons pris interêt dans le cours de la Piece ; & je dis au contraire, qu'un récit bien verfifié & bien rendu par le Sieur *le Grand* nous émeut & nous touche davantage, que fi nous étions fpectateurs de la Cataftrophe, dont il nous inftruit. Enfin le *Récit* eft fufceptible de mille beautés, & nous fait part de quantités de circonftances interreffantes, dont la Repréfentation nous priveroit. Je ne puis t'en dire maintenant davantage, finon que je fuis du meilleur de mon cœur,

MON CHER AMI,

Ton très-humble &c.

„ VOus feriez fans doute curieux
„ Monfieur, de voir la Tragé-
„ die de mon Ami, dont il eft tant
„ parlé dans les deux Lettres que vous
„ venez de lire? Mais quelque envie
„ que j'aie de vous donner des mar-
„ ques de mon zéle, celle-ci eft hors
„ de ma puiffance. Quelques recher-
„ ches que j'aie faites dans fes papiers
„ depuis deux jours, elle ne m'eft
„ pas encore tombée fous la main,
„ & je commence à defefperer de la
„ trouver : cependant, en attendant
„ que je puiffe vous en donner des nou-
„ velles plus certaines, voici deux
„ Scénes que j'ai trouvées en fort
„ mauvais état fur une feüille de pa-
„ pier féparée, & qui felon toute
„ apparence appartiennent à cette
„ Tragédie. La premiere eft un mo-
„ nologue d'un Miniftre nommé *Al-*
„ *cite*, qui gémit d'avoir à fervir un

„ Tiran, sur l'esprit duquel il ne peut
„ rien : l'autre se passe entre le Fils
„ du Tiran & le Ministre… ce jeune
„ Prince qui est vertueux, veut met-
„ tre Alcite dans ses intérêts, pour
„ détourner quelques mauvais desseins
„ de son Pére, ou pour en pénétrer
„ le secret. Ces deux Sçenes m'ont
„ paru dignes d'être lûës. Je souhaite
„ que vous les trouviez telles.

SÇENE PREMIERE.

ALCITE, *seul.*

VOus, qu'un heureux destin a soumis à des
  Rois,

Qui n'ont que le devoir & la vertu pour loix,

Dont l'Ame à la raison est toûjours asservie,

Ministres fortunés, que je vous porte envie !

Aimés, cheris de tous, même de vos Rivaux,

Vous joüissez en paix du fruit de vos travaux :

Connus par vos bienfaits plus que par la victoire;

Les vertus du Monarque accroiffent vôtre gloire;

Et vos noms, de l'envie écartant les fureurs,

Prés de leurs noms facrés font gravés dans les

coeurs.

Hélas! que nos *deftins* different l'un de l'autre!

Le *mien*, eft d'être efclave, & vous faites le *vôtre*!

Juftes, tout vous cherit; je crains jufqu'à mon

Roi;

Et les maux qu'il produit, rejailliffent fur moi...

Ont vient... c'eft Ifmenor... mais quel trou-

-ble l'agite?

Eft-il inftruit, grands Dieux!...

SÇENE II.

ISMENOR, ALCITE.

ISMENOR.

JE te cherchois, Alcite;

Dans l'état où je fuis, fans efpoir, fans fecours,

Cher Ami, c'est à toi, qu'Ismenor a recours;
Ma vie est en tes mains; parle, t'est-elle chere?

ALCITE.

Dieux!... [à part] [haut] Puis-je vous servir,
    sans trahir vôtre Pere?
Dût mon sang répandu vanger vos ennemis,
Vous connoissez mon cœur, commandez, j'obéis.

ISMENOR.

Que ce transport m'est doux! toute ma confiance
Peut seule t'assûrer de ma reconnoissance.
Ta vertu me suffit pour garant de ta foi...
    Ami, tu vois l'abîme où se plonge ton Roi,
D'un amour malheureux victime volontaire,
C'étoit peu qu'en ces lieux il attirât la guerre,
Il eût pû vaincre... mais, qu'oubliant sa vertu,
Vaincu, deshonnoré, sans avoir combattu,
Sacrifiant sa gloire au penchant qui le guide,
Il achete la paix au prix d'un parricide:
Sous quel espoir encor!.. épargne à ma douleur

Le reste d'un projet, qui me glace d'horreur...

Tu le fçais : je le vois ; ton trouble me l'annonce,

Dans tes yeux indignés j'entrevois ta réponfe :

Toi, fujet ; moi, fon fils, c'eft à nous d'obéir !...

Mais quoique Pere & Roi, feroit-ce le trahir

De lui fauver un crime ? Et d'écarter la caufe

Des reproches honteux où fon erreur l'expofe ?

Et quelques foient les droits du Prince ou du fujet,

Eft-ce être criminel d'empêcher un forfait ?...

A L C I T E.

Qu'entens - je ?... oüi, c'eft l'être ; & le prétendu zéle

Qu'on oppofe à fon Roi, n'en eft pas moins
rébelle ;

Il n'eft qu'un atentât à fon autorité,

Quand il ofe éclater contre fa volonté.

Maître de fe vanger, de punir ou d'abfoudre ;

Vive image des Dieux, quand ils lançent la
foudre,

Qu'aux

Qu'aux yeux de ſes Sujets un Roi paroiſſe errer,

Ils peuvent en gémir: mais ſans en murmurer.

Vous, Prince, que le Sang appelle à la Cou-

 ronne,

Malgré tout le pouvoir que ce haut rang vous

 donne,

Songez, que quoi qu'il oſe, il doit être obéï...

Puiſſiez-vous l'oublier, en regnant après lui!

ISMENOR.

Ah! ſi tu me connois, qu'oſes-tu me preſcrire?

Crois, que c'eſt malgré moi...

ALCITE.

     Seigneur, je me retire.

Je ne connois que trop quels ſont vos ſenti-

 mens!...

Attendri par vos pleurs, rebelle à mes ſermens,

Je ſens qu'à la pitié mon ame trop ſenſible,

Riſque à vous dévoiler un miſtére terrible,

Qui trahiroit un Roi déja trop enchaîné...

F

Et qui ne vous rendroit que plus infortuné !

I S M E N O R, *en l'arrêtant.*

Pourquoi me le cacher ? La douleur qui m'ac-

cable...

A L C I T E, *se débarrassant & sortant.*

Je n'en ai que trop dit pour me rendre coupable.

Après deux Scénes de Tragédie, je crois Monsieur, qu'une Lettre de mon ami à Monsr. de Voltaire, sur son Alzire, peut trouver ici sa place, ne seroit - ce que pour vous donner un échantillon de sa maniere d'écrire en differens stiles.

A Ar.... ce 27.... 1736

JE m'y prens peut-être un
peu tard, Monſieur, pour
vous témoigner la joïe que
j'ai reſſentie du ſuccès éclatant de vôtre Alzire ; & ſi je n'avois
quelque confiance dans les ſentimens
que vous me connoiſſez pour vous,
je n'oſerois le hazarder aujourd'hui.
Les applaudiſſemens tardifs ne ſont
pas les moins ſinceres ; & vous ê-
tes trop généreux pour faire un crime à un pauvre Provincial, qui n'a
pas eû le bonheur de voir les repré-
ſentations de vôtre Piéce, de ne vous
avoir pas encore marqué combien il
l'a admirée à la lecture ; ſi je l'avois
eûë, ce ſeroit choſe faite il y a long-
tems.

F 2

Il est vrai que, sur la foi de la Renommée & des *Mercures*, je pouvois sans scrupule risquer mon homage, quitte à dire que je jugeois du présent par le passé.

Mais l'encens hazardé sur la foi du Vulgaire

Dénote un fade Adulateur,

Dût-il flater plus d'un Auteur,

Il n'est pas digne de Voltaire.

Vous étiez d'ailleurs accablé dans ces premiers jours de triomphe, des éloges du Public & de vos amis ; c'est - à - dire, de tous ceux qui sont assez judicieux pour rendre à vos rares talens la justice qu'ils méritent ; hazarderois - je beaucoup d'y joindre ceux, qui, jaloux de vôtre gloire au fond de l'ame, se croyent obligés pour conserver le peu qu'ils en ont, d'avoüer publiquement combien vous êtes digne de la vôtre ?... Je me ferois donc toûjours gardé de rifquer des *Sons* perdus dans un fi bruïant *Concert*.

Que de force, ou de gré, tous encenfent ton
> bufte,
Qu'ils peignent ton portrait des plus vives cou-
> leurs,
>> Une voix foible, quoique jufte
>> Ne brille jamais dans les Chœurs.

J'ai donc attendu avec impatience, qu'un intime Ami fort négligent & fort parefleux, que j'ai à Paris, m'eût envoyé vôtre Tragédie. Je l'ai reçûë hier au foir par le Coche, & elle eft partie ce matin pour Londres, à mon grand regret. c'eft un Sacrifice que j'ai fait à un Ami que j'ai dans cette bonne Ville, envers lequel je fuis auffi diligent que le Parifien l'eft peu envers moi ; mais il faut tout dire, l'Anglois me rend le réciproque.

Je n'ai par conféquent poffedé vôtre Alzire qu'environ pendant l'efpace de têms qu'il auroit falû pour la voir reprefenter ; & je vous avouë que je vous ai quafi voulu du mal pendant quelques momens, de ce que vôtre réputation foit auffi - bien établie ici qu'ailleurs : car à peine avois - je reçû mon Paquet, du Coche, que quelques Amis aufquels j'avois eû l'indifcretion de dire que je l'attendois, ont prefqu'affiegé mon Cabinet, & ne m'ont laiffé tirer de l'aimable Alzire, que ce qu'on appelle *le Droit du Seigneur*. Elle me fut enfuite enlevée inhumainement, pour en régaler tout ce qu'il y a de gens qui *penfent* dans cette Ville, qu'on avoit déja raffemblés d'avance.

Pour comble de difgrace, j'étois in-
commodé, je ne pûs les fuivre.

Il me feroit donc bien difficile de
vous dire en détail tout ce qui m'a
charmé dans cette aimable enfant,
& encore plus de vous articuler ce
qui ne m'en a point charmé.

J'ai reconnu le Pere aux attraits de la fille;

   Mais je crains bien que fa beauté

Ne trouble le repos d'une illuftre Famille,

   Dont je fûs toujours enchanté.

La fage Marianne, & la tendre Zaïre,

   Pouront-elles voir fans aigreur,

   Qu'une cadette, comme Alzire,

   Partage en naiffant cet Empire

Qu'elles s'étoient acquis fur l'efprit & le cœur

De quiconque a du goût, & connoît l'art

 d'écrire ?...

Pardonnez, Monfieur, fi j'ofe dire

mon petit fentiment fur ces trois Tra-
gédies ; il eft fans conféquence pour
un homme comme vous. Et au rif-
que de vous déplaire , je ne puis m'empêcher de vous avoüer, que , fi
j'aime paffionnément les deux aînées,
j'adore & j'admire la Cadette ; en
effet

Quel caractére heureux puifé dans la Nature !
Victime du devoir , fa flame eft toûjours pure ;
Sans trahir fon Epoux , fidele à fon Amant ;
Aimant l'un par vertu , l'autre par fentiment ;
Sincere , quoique femme , elle n'a pour défenfe
Que fa fidelité , fes Loix , fon innocence !

On dit pourtant que quelques Critiques , par tempéramment , ou par
interêt , trouvent l'innocence d'Alzire
trop compaffée , & un peu trop *d'Art*
dans fon *Naturel.*

Mais que peut fur tes Vers leur impuiffant mur-
  mure ?

Le feul fot en eft dupé , & l'homme fage en rit ;

>   Pour faire parler la Nature ,
>   Faut - il le faire fans efprit ?....
>   Qu'en vain le Critique gronde ;
>   Qu'envain Romagnefi * fronde
>   Quelques ombres du tableau ;
>   Ce qui plaît à tout le monde
>   Ne fçauroit être que beau.

Mais la plûpart de ces raifonne-
mens ne font fondés que fur l'ignorance , ou plûtôt fur le préjugé , où
font les trois quarts des Européans ,
de la foibleffe & de la ftupidité des
Peuples du *Nouveau Monde*. la facilité
avec laquelle les Efpagnols & les
Portugais en ont fait la conquête ,

―――――――――――――――――――――――

* Auteur de la Parodie.

leur fait croire, que l'esprit, le courage, & les mœurs, étoient choses inconnuës dans cet Hémisphére. Ils jugent des Amériquains du têms de Montézûme, & de Fernand-Cortez, par ceux d'aujourd'hui ; sans considerer, ou sans sçavoir, que les Conquérans des Indes Occidentales ont crû, qu'il étoit de leur Politique d'en affoiblir, & abrutir les Habitans au point où nous les voïons maintenant, pour prévenir leurs révoltes, & se les rendre moins redoutables.

Que ces Critiques prennent la peine d'ouvrir les Histoires de la Conquête des Indes, pour avoir une idée de la vaste Puissance des Empereurs du Mexique & du Perou, dont les Sujets étoient peut-être plus civilisés que certains Peuples du Nord, qui figurent aujourd'hui dans l'Europe, ne l'étoient il y a vingt ans.

Mais est-il si étonnant que ces Pauvres Peuples, dans la parfaite ignorance où ils étoient, d'une invention Diabolique, * que nous ne devions nous mêmes qu'au hazard depuis peu d'années, se soient laissés vaincre par une puissance qu'ils croïoient surnaturelle ? Dieu nous préserve, tout éclairés que nous sommes, de quelque nouvelle découverte aussi funeste au genre humain ! nous serions peut-être aussi-tôt vaincus que les Indiens....

Pardonnez ce petit écart : il n'est pas absolument étranger au sujet ; & ces réflexions faites, les Critiques & les Parodistes regarderont sans doute vos Indiens d'un œil moins dédaigneux.

Alors ils souffriront peut-être

Que Zamore * soit Prince, & sente son malheur;

* La Poudre à Canon.
* Personage de la piece.

Qu'il aime la vertu, qu'il fache la connoître,

Et l'exprimer avec *grandeur*.

Ils souffriront, qu'Alzire, abhorrant l'imposture,

Aimant par choix, parlant sans fard,

Puife fes fentimens au fein de la Nature,

Et pour les dévoiler, ne dédaigne point l'Art...

Alors, abandonnant leurs Critiques frivoles,

Tu verras tous tes envieux,

Fachés de n'être point *Créolles*,

Pour s'exprimer auffi-bien qu'eux.

J'aurois dû vous remercier plûtôt, Monfr. des loüanges que vous me prodiguez fur l'Epître, que j'ai eû l'honneur de vous envoyer à Cirey; mais n'auroit-ce pas été vous faire croire, que je m'imaginois les mériter?... Je ne vous remercirai donc que de ce que vous daignez étendre jufqu'à-moi cette bonté paternelle,

que vous avez pour ceux qui aiment
& cultivent les beaux Arts. Puiſſai-
je m'en rendre auſſi digne à l'avenir,
comme je crois l'être dès-à-preſent,
par mes ſentimens, de me dire,

Monsieur,

Vôtre très-humble, &c.
D. L. P.

„ IL me paroît, Monſieur, que ce
„ premier Paquet devient d'une
„ taille fort honnête, & qu'il eſt à
„ propos que je finiſle, pour ne pas
„ nous fatiguer l'un & l'autre, vous
„ à lire, moi à copier. J'ajoûterai
„ pourtant encore une petite Piéce
„ de Poëſie legere, qui ſe preſente,
„ & j'attendrai vôtre réponſe pour
„ vous en envoyer d'autres ou pour
„ me taire,

G

QUESTION

Proposée à MM. de l'Association Litteraire D'…

Es Statuts de l'Association en excluent - ils les femmes ?.. S'il s'en presentoit dont les talens & le bon goût leur donnassent tout le merite de certains hommes, la Compagnie ne recevroit-elle point de grands avantages de les avoir pour membres ?

REPONSE.

SAns doute, & qui de nous soûtiendra le contraire,

Se verra seul de son avis.

Je le tiens hérétique, & peut-être encor pis :

C'eſt peu de *ſçavoir*, il faut *plaire*;

Et *ſçavoir*, & *plaire*, ſont deux,

Qui different beaucoup entr'eux.

L'un, eſt toûjours le fruit d'une étude conſ-
tante;

Mais qu'en ſert au public la récolte abon-
dante,

Si ce fruit eſt ſouvent ſans goût, ou plein
d'aigreurs?

Si, loin de rendre l'homme humain, complai-
ſant, ſage,

Il le rend ſuperbe & ſauvage,

Singulier dans ſa vie & fantaſque en
ſes mœurs?

Telle eſt des *ſçavantes* l'orgueilleuſe manie,

Doctes, mais ſans *talens*; *ſtudieux*, ſans *genie*;

L'eſprit, ſans *jugement*, domine ſeul chez eux:

Ils ſçavent tout enfin, ſauf qu'ils ſont en-
nuieux.

L'autre, est le fruit charmant de ce commerce aimable,

Qui décraffe un Docteur, & le rend fociable;

Et qu'on trouve toûjours chez ce fexe vanté,

Dont le goût délicat illuftre la *beauté*.

C'eft là, que le fçavant Cauftique,

Sans rougir, aprend à ceder;

C'eft là, qu'à fon humeur Cynique

Il fent que les *égards* ont droit de com-
mander.

C'eft pour lui d'abord une étude;

Mais il s'y rompt par *l'habitude*;

Il quitte l'air hautain, taciturne, ou diftrait:

Il écoute, il répond; s'il a tort, il fe taît,

Bientôt liant, poli, different de lui-même,

Honteux de fon erreur extrême,

Critique fans humeur, & railleur fans venin,

On l'eftime, on le cherche, il brille... *il
plaît enfin*.

BEAU SEXE! c'est à vous qu'on doit un tel
miracle!
Et vous pouvez douter de nos *vœux* empreſſés?...
Aux *vôtres*, quels qu'ils ſoient, ne craignez
point d'obſtacles:

Parlez; *les miens* ſont exaucez.

Par vos tendres regards enhardiſſez nos muſes;
De foibles *Peliſſons* * ont beſoin de la *Suze*:
Daignez-nous en ſervir. Dociles à vos loix,
Nos acçens s'uniront à vos touchantes voix.

Dûſſent mille *Cagots* en faire la grimace,

Venez parmi nous prendre place,

---

* Mr. Peliſſon, Hiſtorien de l'Academie Françoiſe,
a dû ſes meilleurs Ouvrages, ou du moins les plus
galans, à ſon commerce littéraire avec Madame la Com-
teſſe de la Suze & Mad.^{elle} de Scudery.

En dépit du *Qu'en dira-t'on*...

On voit neuf Muses au Par-

nasse :

On n'y compte qu'un Apollon.

FIN.